© Éditions Nathan (Paris-France), 2009 pour la présente édition.
Loi n°49.956 du 16 juillet 1949
sur les publications destinées à la jeunesse.
ISBN : 978-2-09-252439-8
N° éditeur : 10157025 - Dépôt légal : mai 2009
Imprimé en France par Pollina - n° L50166B

Conte traditionnel
Illustré par Lucile Placin

Jack et le Haricot magique

Il était une fois une pauvre veuve
qui avait un fils, Jack. Celui-ci n'aidait pas sa mère
car il était paresseux. Il préférait rester allongé
devant la cheminée toute la journée.
– Tu ne fais jamais rien, lui disait-elle toujours,
et quand tu fais quelque chose, tu le fais mal !
Ils n'avaient pas d'argent, et leur seul bien était
une vieille vache.

Un jour, la mère de Jack lui dit :

– Jack, emmène la vache au marché, et vends-la
au meilleur prix.

Le marché était loin et Jack n'avait pas envie d'y aller,
mais il n'avait pas le choix. Il attacha la vache avec
une corde et partit sans se presser.

En chemin, il rencontra un homme.

– Ta vache a l'air bien vieille, dit l'homme.
Où l'emmènes-tu ?

– Au marché, pour la vendre, dit Jack.

– Tu n'en obtiendras pas grand-chose, dit l'homme.
Combien en demandes-tu ?

– Combien en offrez-vous ? demanda Jack.

L'homme sortit quelque chose de sa poche.

– Cinq haricots, tu ne tireras guère plus de cette vieille
carne au marché.

– Peut-être, dit Jack, mais ma mère va être furieuse
si je reviens avec cinq haricots. Cinq sous seraient
déjà mieux.

– Mais ce sont des haricots magiques, dit l'homme.
Ils feront ta fortune !

– Affaire conclue ! dit Jack qui n'avait pas tellement
envie d'aller jusqu'au marché avec la vache.

L'homme lui donna donc les cinq haricots. Jack lui
laissa la vache et repartit chez lui.

– Déjà de retour ? s'étonna sa mère. Combien as-tu
obtenu pour la vache ?

Jack sortit les haricots de sa poche
et les montra à sa mère.

– Des haricots ! cria-t-elle. Cinq haricots !
Espèce de bon à rien !

Elle jeta les haricots par la fenêtre puis
envoya Jack au lit. Il n'eut même pas
le temps d'expliquer que les haricots
étaient magiques.

Le matin suivant, quand Jack se réveilla, la maison
était sombre, comme s'il faisait encore nuit.
Quelque chose obstruait la fenêtre.
Jack courut dehors et vit une immense tige de haricot
qui avait poussé jusqu'aux nuages.
«Ils étaient bien magiques! se dit Jack. Je me demande
ce qu'il y a là-haut.» Et il commença de grimper
le long de la tige.
Jack grimpa, grimpa jusqu'en haut.
Là il vit un sentier qui menait à travers les nuages
à un énorme château. Jack frappa à la porte.

Une grosse femme ouvrit.

– Que viens-tu faire par ici? demanda-t-elle. Ignores-tu
que cette demeure est celle d'un géant qui mange
les petits enfants?

– Je suis monté si haut que je suis fatigué et assoiffé.

– Entre, dit la femme, mais il ne faut pas que tu restes
longtemps.

Jack entra dans le château. Il bavardait avec la femme
quand ils entendirent un bruit de pas sur le chemin.

– C'est mon mari, dit la femme. Vite, cache-toi!

Jack sauta dans une grande marmite et replaça
le couvercle par-dessus lui. La porte s'ouvrit,
et le géant entra. Il renifla l'air et dit:

– Hum, je sens la chair humaine… Vivant ou mort,
je vais lui broyer les os pour en faire du pain!

– Allons, dit la femme, il n'y a personne ici.
Maintenant, assieds-toi, et mange ton dîner.
Le géant s'assit et mangea son dîner.

Puis il alla chercher une bourse usée et la renversa
sur la table. Un gros tas d'or en tomba.
Le géant referma la bourse, puis il la rouvrit :
elle était à nouveau remplie d'or !
En voyant cela, Jack, qui regardait par-dessous
le couvercle, pensa : « Si ma mère et moi avions
cette bourse, nous ne serions plus pauvres. »
Il décida de prendre cette bourse et de retourner
chez lui, advienne que pourra.

Il attendit que le géant enlevât ses bottes et partît
se coucher. Alors, Jack rampa hors de la marmite,
saisit la bourse et se sauva à toutes jambes.
Il sortit en trombe du château, courut tout le long
du chemin, descendit le long de la tige de haricot
et arriva à la maison en criant :
– Maman, maman, regarde !

La mère de Jack fut très surprise de voir que son fils
avait pu accomplir cet exploit. Elle regarda la bourse,
et dit :
– Maintenant, nous ne serons plus jamais pauvres.
Promets-moi que tu ne regrimperas plus à la tige
de haricot. C'est trop dangereux !
Jack promit.
Avec l'argent de la bourse, ils vécurent plus heureux
qu'avant, mais Jack n'arrivait pas à oublier le château.

Un jour que sa mère était partie, il remonta le long
de la tige de haricot. Quand Jack frappa à la porte
du château, la femme du géant ouvrit et lui dit :
– Encore toi ! Si le géant te trouve ici, il te mangera
tout cru !
– Je serai parti bien avant son retour, dit Jack. Mais
j'aimerais bien m'asseoir un peu et avoir quelque chose
à manger et à boire. La route était si longue !
La gentille femme le fit entrer. Comme Jack voulait
attendre le géant, il bavarda sans répit avec elle.
Bientôt, ils entendirent les pas du géant. Jack courut
se cacher dans le placard sous l'évier.
– Hum, hum, je sens la chair humaine… Mort
ou vivant, je vais prendre son sang pour agrémenter
mon pain !
– Allons, dit la femme du géant. Il n'y a personne ici.
Mange ton dîner, grand bêta.
Le géant s'assit et mangea son dîner.

Quand il eut fini, il fit apporter une jolie petite
poule rousse. Il lui caressa doucement les plumes,
et la poule pondit des œufs ; pas des œufs ordinaires,
mais des œufs tout en or.

Jack attendit que le géant fût endormi près du feu.
Puis il rampa hors de son placard, saisit la poule
et se sauva en vitesse. Il sortit en trombe du château,
courut tout le long du chemin, descendit le long
de la tige de haricot et arriva à la maison en criant :
– Maman, maman, regarde !

Quand la mère de Jack vit la poule et les œufs, elle put
à peine en croire ses yeux. Elle lui fit promettre, bien
promettre de ne jamais remonter le long de la tige
de haricot. Jack promit.

Avec l'or de la bourse et les œufs d'or de la poule,
ils étaient riches.

Mais Jack ne pouvait oublier le château.

Il grimpa de nouveau le long du haricot.

Quand la femme du géant ouvrit la porte et vit

qui était là, elle s'écria :

– Va-t'en, je ne veux pas te laisser entrer.

Mais c'était une gentille femme, et Jack la persuada

finalement de le laisser entrer.

Ils commencèrent à parler, à parler, et, soudain,

ils entendirent le mari qui revenait. Jack se dissimula

dans la baignoire.

Le géant entra et renifla :

– Hum, hum, je sens la chair humaine…

– Assez de bêtises, dit la femme. Assieds-toi, et mange

ton dîner.

Quand le géant eut mangé son dîner, il alla chercher
une harpe en or.

– Joue pour moi, harpe ! dit-il.

Et la harpe se mit à jouer toute seule une musique
merveilleuse.

Jack attendit que le géant s'endormît près du feu,
puis il rampa hors de la baignoire, saisit la harpe
et se sauva à toutes jambes.

Mais pendant sa course, la harpe criait :

« Maître ! Maître ! »

Le géant s'éveilla, sauta sur ses pieds et courut
à grandes enjambées après Jack.

Jack atteignit la tige de haricot et commença
à descendre aussi vite qu'il le pouvait. Mais le géant
arrivait et il commença à descendre derrière Jack.

Jack atteignit le sol le premier. Il laissa tomber la harpe
et s'empara d'une hache dont sa mère se servait
pour couper le bois. Il commença à cogner
sur la tige de haricot. Il cogna, cogna, cogna et,
finalement, le haricot tomba et avec lui le géant.
Dans un grand « crac » le géant atterrit sur la tête
et ce fut sa fin.

Jack et sa mère avaient donc la bourse d'or,
la poule qui pondait des œufs en or et la harpe
qui jouait toute seule.
Ils vécurent ainsi heureux le reste de leurs jours.

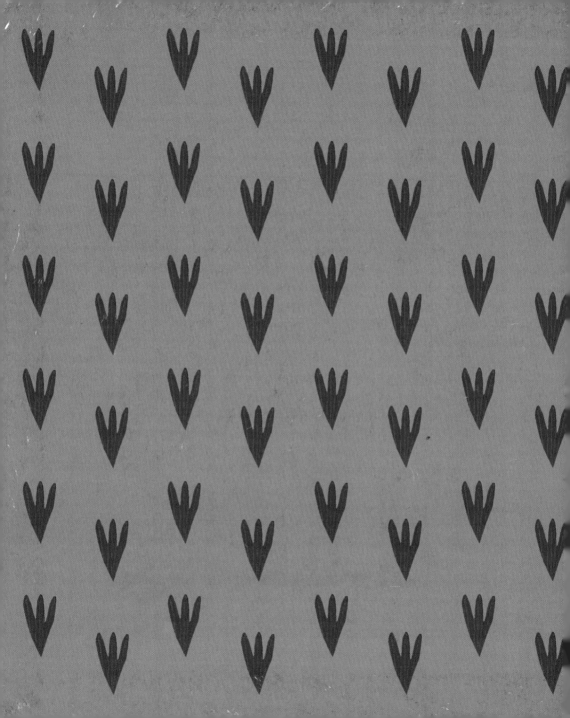